KB120781

오늘은 같은 길을 세 번 건넜다

시작시인선 0355 오늘은 같은 길을 세 번 건넜다

1판 1쇄 펴낸날 2020년 10월 31일
지은이 이영춘
펴낸이 이재무
책임편집 박은정
편집디자인 민성돈, 장덕진
펴낸곳 (주)천년의시작
등록번호 제301-2012-033호
등록일자 2006년 1월 10일
주소 (03132) 서울시 종로구 삼일대로32길 36 운현신화타워 502호
전화 02-723-8668
팩스 02-723-8630
홈페이지 www.poempoem.com
이메일 poemsijak@hanmail.net

ⓒ이영춘, 2020, printed in Seoul, Korea

ISBN 978-89-6021-523-8 04810
    978-89-6021-069-1 04810(세트)

값 10,000원

*이 책은  춘천문화재단 2020 문화예술지원사업으로 발간되었습니다.

오늘은 같은 길을 세 번 건넜다

이영춘

천년의 시작

시인의 말

오늘도 나는 강가에서 강에게 길을 묻는다
내일은 또 저 강가 돌 모서리에 바람을 새기다
돌아갈 것이다
그리고 모레는 이 세상 어딘가에 없을지도 모르는
설원의 사원을 찾아 떠날 것이다

2020년 9월
안개 도시 춘천에서
이영춘

차 례

시인의 말

제1부 얼음 사막

때로는 물길도 운다

냇가에 앉아 물소리 듣는다
물소리에 귀가 열리고 귀가 젖는다

물길이 돌부리에 걸린다
풀뿌리에 걸린다
걸린 물길 빙-빙 원 그리며 포말이 된다

물길도 순리만은 아니었구나
이 지상의 길에서 서로가 서로에게
밀려나고 밀어내는 등(背) 뒤편 같은 것,

오늘 이 봄, 냇가에 앉아

물길도 아프다는 것을 알았다
소리 없는 소리로 울며 간다는 것을 알았다

길을 묻다 2

강물을 따라 강둑길을 걷는다
강물은 내려가고 나는 올라간다
올라가는 길 어느 지점 돌무덤 아래 멈춰 서서
물소리 듣는다

목숨 가진 것들은 다 울며 가는 것인가

강둑에 엎드려 울던 풀잎도 풀벌레도 모두
제 키 낮춰 제 몸의 계단으로 내려간다

나는 내가 없는 빈 몸으로 간다

달빛이 강물에 누워 어른대듯
내 가는 길 암호로 일렁인다

어느 꼭짓점에 이르러야
내 가야 할 길
저 적멸에 드는 물의 길 갈 수 있을까

언듯언듯 무릎 꿇고 앉은 싯다르타의 굽은 등 스쳐 간다

강물을 향해 적멸에 든

저 큰 불기둥 얼굴 하나

나는 그 앞에 오래오래 공수拱手로 서서

눈먼 짐승으로 운다

죽은 새를 만나다

청평역 플랫폼에
밤톨만 한 새 한 마리 쓰러져 있다
고, 어린 것이 왜 죽었을까?
노랑색 바탕에 파랑색 줄무늬 날개옷을 입은
환상의 무지개다
스크린도어가 궁전인 줄 알고 날아들다 유리문에 박혀 뇌
출혈을 일으킨 걸까?
어느 산속 외딴 숲에서 사람이 그리워 내려왔던 길일까?
바람의 시샘에 집을 잃은 것일까?
고, 작은 예쁜 몸으로 무엇이 그리웠을까?
지상에는 흉악한 물건과 눈알과 불빛과 송곳과 간사한 사
람들의 마음이 살고 있는데
어린 너는 '천진, 순진'만 믿고 세상이 그리워 왔던 것인
가 보다
말없이 애타게 죽은 네 어린 목숨을 보며
무기력한 나를 원망한다
더구나 너의 작은 몸을 내 손수건에 고이 감싸 안고 와
어느 개울가 돌무덤에, 혹은 꽃나무 가지 밑에 묻어주지
못한 나를 후회한다
나는 나를 장사 지내야 한다

판결문 한쪽에 비수를 꽂듯이
비정했던 나의 몸과 마음에
붉은 수의를 입히고 있는 밤이다

물새

어제는 사람과 사람 사이에 놓인 다리가 무너져 강물에
기대 울었다

강물은 내 눈물인 듯 더 많은 강물로 흘러갔다

다리가 젖은 물새들은 무심히 이 나뭇가지에서 저 나뭇
가지로

포롱포롱 자리를 옮겨 앉는다 잠시, 내 눈물이 멈춰 일
렁인다

조것들 속에는 어떤 생生이 살고 있을까? 앙증맞고 가벼
워 날 수 있는 저들의 몸,

저들의 자유로운 영혼을 닮고 싶어 사람도 죽으면 새가
되길 갈망하는 것일까?

나는 눈물을 거두고 지인에게 문자 편지를 쓴다

오늘은 내 존재가 슬퍼서 강가에 와서 울었노라고

그 눈물의 근원은 사람과 사람 사이에 놓인 다리 때문이
었노라고

위에서 흐르는 물은 강 밑바닥을 보지 못한다고

밑바닥은 언제나 부유물 같은 이끼일 뿐이라고

나도 눈감으면 물새가 되고 싶노라고.

돌

새우등처럼 웅크리고 있으면 내가 이 세상에서 가장 낮
다는 생각
숨 쉬는 것조차 부끄럽다는 생각
옆에 깃들어 있는 여린 풀잎들에게 내 덩치가 너무 크다
는 생각
바람결에 머리카락 날아가고
옷자락 깊이 땅에 묻고 보면 개미 몸통만 한 내가, 개미
몸통보다 작은 내가
개미들과 나란히 기어가고 있다는 생각
개미 숨소리 흉내 내고 있다는 생각
작은 틈새에 낀 내가
바람에 날아간 내가
들판 한가운데 엎드려 물고기처럼 입 벌름거리며
땅의 공기, 하늘의 공기
더럽히고 있다는 생각
이런 생각으로 내 몸은 풍선처럼 부풀어져 큰 몸통이 되고
몸통은 금세 터져 먼지가 된다는 생각

여린 풀잎들 모두 일어나 하얗게 손벽 치며 웃고 있는
땅, 그 밑바닥에서

강가에서 혼자

저 흐르는 물결처럼 갈 수 있다면
흐를 수 있다면
돌부리에 걸리는 마음, 마음 조각들
잃어버린 꿈의 조각들,
배고파 돌아눕던 동생들의 얼굴들
잠 속에서도 아리게 파고드는 기억의 조각들

먼저 가신 그분의 말씀,
"너희들 배 곯린 것 생각하면 가슴이 무너진다"며
피 토해 내시던 말씀

오늘 이 강가에서 울컥울컥 검은 밥알이
포말처럼 목 줄기를 타고 돌아오는 소리
아득한 그 목소리
내 목덜미를 밟고 간다

얼음 사막

얼음 사막을 건너온 듯, 한여름 대낮에도 나는 발이 시리다

밤마다 시리게 찾아오는 발과 발가락의 무게, 바늘귀 같은 초침 돌아가듯

정지된 피톨들이 한 생을 지우며 달아난다 달 속에 매장된 발톱의 무게는

자꾸 햇살 뒤쪽으로 기울어지고 나는 어디만큼 더 가야 내 발가락의 혈관을 찾을 수 있을까 암초에 부딪히듯 발목은 수시로 구름 벽 앞에서 좌초되고 햇살 비껴간 얼음 계단에서 달그락거리는 어둠의 소리, 그 소리들은 천공의 구멍을 뚫고 밤마다 나에게 모스부호로 송신된다 삶의 뒤편은 사막이라고

닭들에게 묻다

강둑에서 닭들이 뒤뚱뒤뚱 모이를 쫀다
깊은 부리, 바닥에 박고 바닥이 밥그릇인 양
연신 부리를 꺾는다

나는 무릎 구부려 한참을 그들이 쪼는 것을 외경으로 들
여다보다가
묻는다.
"너희들은 왜 사는 거니?"

닭들이 무언가 알아들은 듯 힐끔 쳐다보고는 푸드득 자
리를 옮긴다
그리고 저희들끼리 수군거린다

"별꼴이야? 우리들한테 왜 그런 걸 물어봐? 사는 대로
사는 거지!"

어느새 강은 어스름에 물들고
닭의 깃털 같은 안개가 내려와 내 말을 물고 달아난다
닭들도 덩달아 나뭇가지에 올라가 푸드득푸드득 깃을 치
며 중얼거린다

\>

"사는 건 죽으러 가는 거야, 보시하러 가는 거!
등뼈 하얗게 드러나도록 허공에 닿는 거야!"

먼 듯 가까이서 들려오는 아낙의 목소리
구구구– 구구구– 구름송이로 번지는 둥근 목소리가
닭들을 데리고 어디론가 빠르게 사라진다

강 마을 민물매운탕 낮은 지붕에서 연기는 피어오르고

나도 없고 닭도 없는 허허한 하늘이 잠시 내려와 놀다
간 하루다

성聖과 성城 밖에서

나는 의무적으로 당신 성으로 들어가려 애씁니다

정말 당신에게로 돌아가기 싫은 날은 이불 속에 숨어서 이불이 나를 숨겨 주기를 간절히 고대하면서, 죽음의 문턱에서 당신을 부를 때 당신은 나를 안았습니다

나는 당신의 목소리가 들릴 때면 간절히 풍선처럼 매달립니다

심장 한쪽도 남기지 않고 다 바칠 듯 '간절'이라는 단어가 심장에 매달려 웁니다 생크림이 녹아버리듯 입술 밖에서 떠도는 이름, 나의 성과 성곽, 하늘의 층계를 오르듯 당신의 사다리는 아득히 높기만 합니다 천 년 전 세世, 그때에 이미 나는 당신에게서 죽었습니다 내가 죽었을 때 당신은 너무 멀리 있었습니다 지금은 강물이 입술처럼 마르고 나는 미라가 되어 미아처럼 허공에 둥둥 떠 속절없이 흔들립니다

마른 입술로 당신을 부릅니다 너무 아득합니다 당신의 심장 한복판에 이르기까지는. 당신의 불길 속에 닿기까지는. 이미 나는 오래전에 삭제된 당신의 탕아입니다

안개 발톱

기우뚱 몸 한쪽이 달 속으로 기울어진다 뇌세 혈관을 가로질러 가는 안개의 발톱, 몽환의 터널이다 얼음 계단을 밟고 가는 안개 통증이 내 몸에 집을 짓는다 구름의 집, 구름의 암벽, 안개 바퀴가 날을 세운다 날(刀)은 수시로 내 심장을 도려내고 심장 한쪽은 방향을 잃고 휘청거린다 꽃잎이 진다 꽃 진 자리에 꽃잎 같은 피톨이 안개 집을 짓는다 해독되지 못한 안개의 통증, 안개 발톱이 나를 끌고 세상을 질주한다 내가 없는 몸에서 몸속으로

핫팩의 시간

머리카락이 뽑힌다
뽑힌 머리카락이 나를 응시한다
생각이 도망간 생각의 집,
창밖 새들의 목소리 가늘어진다
천장에 매달린 전구가 머리카락을 당긴다
형광등 혼자 둥그렇게 웃고 있는 방,
고요 속에 폭포 같은 물소리
시간을 밀고 간다
무중력의 바퀴가
침대 모서리를 끌고 하늘로 올라간다
텅 빈 허공에 침대 하나 둥둥 떠 있는 오후

비 오는 밤

매일 밤 강 언덕 저편에서

홀로 눈 뜨고 밤길 환히 밝히시던 붉은 십자가,

오늘은 그 하나님도 몸과 마음이 다 귀찮으신지

눈도 뜨지 않고 귀도 열지 않고 감—감—

먼 산 안개만 자욱이 십자가를 싸고 흐르는데

강둑을 걷고 있던 내 발걸음도 덩달아 돌부리에 걸려
캄—캄—

눈먼 장님처럼 갈지자로 휘청거리고 있네

달꽃

내 몸이 달꽃처럼 달 속으로 기울어진다
어둠을 쫓아가듯 기운 몸 한쪽이 빗줄기 속에서 흔들린다
햇살의 붉은 촉수는 저만큼 밀려나
어둠이 돌아가는 소리에 귀 기울인다

어둠은 바퀴를 밀고 달려와
강물 속에 정지된 내 시간을 풀어놓는다

나는 강 언저리 낮은 돌무덤 발아래
강물처럼 낮게 엎드려
지느러미 잘린 물고기 우는 소리를 듣는다

물고기는 환자다

얼음같이 흰 가운을 입은 의사들은
침대 모서리에 암호 같은 지문을 남겨 놓고 떠나가듯
나는 내가 없는 시간 속에서
바퀴 없는 시간을 돌린다

푸드득— 달꽃 같은 새 한 마리 날아오른다

>
가을 천공이 환하게 눈을 뜨고
푸르게 날아간다

눈 내리는 집

하늘 꽃송이가 내린다 천사들이 내린다

발 시린 들고양이 들창문에 몸 숨긴다

어깨 시린 달, 꽃송이 뒤에 숨어

발그레 눈 비비며

처마 끝에 걸린다

산모롱이 돌아 나간 우체부 발자국

발자국마저 아득히 멀어진 집

눈꽃 속에 묻힌다

기침 소리 고요로 잠든 집

툇마루 끝에서 잠을 청하던 삽살 강아지

>

부스스 꼬리 털고 일어나 인기척에 귀 세운다

눈이 내린다 요정들이 내려오는 소리

세상 소리에 귀 닫은 집

세한도 한 채 홀로 떠있다

물방울 칩

콩나물 싹들이 물방울을 타고 튀어 오른다
안경 너머의 안경 속 스펙트럼,
왜 식물들은 하늘을 향해 손을 뻗어 올릴까?

감기로 인해 방 안에 가습기를 틀어놓았다
물방울로 자란 내가 풀잎처럼 가라앉는다

간밤에는 산 계곡에서 길을 잃었다
길을 찾지 못한 채
물방울이 되었다
미지수의 미결수, 어디로 가야 길을 만날 수 있을까

죽음의 굴레를 목에 걸친 채
유서를 쓴다
새털 같은 예금 잔고의 비밀번호와
무덤 숲에 들어갈 음악에 대하여

어둠의 잉크가 짙게 물드는 그늘 갈피에서
나는 나를 지우는 물방울이 된다

오늘은 같은 길을 세 번 건넜다

첫 번째 한 번은 누군가가 나에게 변비약을 사 오라 하여 건넜고 두 번째는 누군가가 나에게 뼈 튼튼해지는 칼슘치즈와 우유를 사 오라 하여 건넜다 세 번째는 누군가가 햇반을 사 오라 하여 그 길을 또 건너갔다 정확한 근거는 없지만 나는 의문에 의문을 품으며 그 길을 건너고 또 건넜다

첫 번째는 불통으로 꽉 막힌 세상을 뚫고 싶은 욕망의 약인가 보다 생각하며 건넜고 두 번째는 골격이 무너져 내리는 청년들의 혹은 내 집 아이들의 그리고 푸른 황금기를 빗겨간 내 뼈를 추스르라는 명령으로 그 길을 기꺼이 건너갔고 세 번째는 밥하는 주부가 사라져가는 시대에 너도 편승해 보라는 시대의 명령 같은 내 안의 내가 있어서 그 길을 또 건너갔다

그러나 변비 앓는 사람은 이 밤에도 계속 통증을 호소하는 중이고 칼슘치즈와 우유는 금방 효능을 알 수 없으니 축적될 날을 기다려야 한다 햇반은 냉장고에서 누군가의 손길이 닿을 내일 아침을 기다리는 중이다

나의 신, 타나토스

바람이 지나간 길, 언어가 지나간 길, 사막으로 숨어든 길,
칭기즈칸이 돌아가고 어머니가 돌아가고 바람이 돌아가고
산이 돌아가고 산은 어둠이 되고 어둠은 붉다 어둠을 닮은 붉
은 유서를 쓴다 유서가 이렇게 쉬울 수 있을까 유서는 빨라
야 한다 짧아야 한다 지금 이 글은 너무 길다 미련인가 가상
인가 발 묶인 밤, 어둠이 밝은 밤, 미련은 우정, 사랑, 자식,
인생, 그리고 또 그 무엇일까?
　고승들이 생각난다 적멸도량의 세계로 들기 위해 애초부
터 속세와의 인연을 끊는 게 아니던가 싯다르타도 그랬고 법
정도 그랬다 혈육과의 인연, 그 인연 끊기 위해 뼈와 살을 도
려내는 아픔을 겪으며--- 어느 스님은 버스 속에서 우연히
제 어머니를 보고도 못 본 척 도망치듯 숨어서 버스에서 내렸
다 한다 그날 밤 붉은 인연의 심장 끊어내려고 솔가지 흔들리
는 달빛 바위에 홀로 앉아 통곡하다 통곡하다 혼절하여 바위
에서 굴러떨어졌다지! 나는 왜 지금 이런 생각을 하는 것일까
이제 그만 문 닫자 언어의 문을, 발톱의 문을, 지상의 문을,
몸의 문을, 아무것도 없는 공空의 문을, 이 지상은 먼지와 먼
지가 된 내 몸과 별과 달과 유성이 저 광활한 안개 속으로 소
리 없이 사라질 것이다 저 우주의 광활한 문 안으로

제2부 겨울새들의 편지

길, 모퉁이

흙을 닮은 사람들을 보았다
사각의 길모퉁이에서였다
머리에 구름 모자를 쓰고
구름 핸들을 돌리고 있었다
장님이 신호등 앞에서 더듬더듬 길을 두드린다
까마귀 떼 까악까악 피 토하듯 붉은 원 그리며 돌아간다
푸른 이마의 별자리들 시간의 지층을 닫는다

장님의 지팡이 어둠 속에 묻힌다
눈 뜬 장님들은 25시를 달려간다
알 수 없는 욕망의 길,
모퉁이가 길을 지운다
지워진 길 위에 내가 망연히 서 있다

오늘의 뉴스

오른쪽으로 가려다
왼쪽으로 발을 들여놓았다
공중분해다
난파선 한 척
두 눈 감은 채 허공으로 떠간다

눈뜨고 일어나면 또 달라지는 세상, 어제는 황소가 돌다
리를 건너다 천둥소리를 내며 강물로 쓰러졌다 오늘은 말의
바이러스 균이 온 나라의 혀끝에 퍼져 서로의 등 뒤에서 얼
룩무늬 그림자로 비틀거리고, 내일은 하느님 나라에서 말
과 말이 영면에 들 수 있는 관을 짠다고 했다

오늘의 뉴스다

내 사랑은 푸른 수의를 입고 푸른 이파리로 달려오다
겨울나무로 잠들었다
붉은 것도 푸른 것도 더 이상 내 것이 아니다

오늘은 왼쪽으로 가려다
오른쪽으로 발을 들여놓았다

금세 어디선가 돌팔매가 날아오고
나는 내가 없는 나를 업고
돌다리를 달리다가
어제 돌다리에서 죽은 황소처럼 웡─웡─
워낭 소리를 내며 물살로 떠내려갔다

겨울새들의 편지

어느 시인은 아픈 동생의 몸이 겨울처럼 깊어진다는 소
식이고

한 시대를 풍미하던 여배우는 자신의 딸도 몰라본다는
기사가

문풍지를 흔드는 아침이다

은행 앞에서 푸성귀 팔던 할머니는 한겨울은 다가오는데

어떻게 먹고살아야 할지 막막하다며 풀잎처럼 고개 떨
구고

두 손끝 호호 분다

오십 대 중반 퇴직한 후배는 학교 앞 골목길에서 밥장사
하다가

월세 낼 벌이도 안 돼 보증금만 날린 채 가게 문을 닫고

가게 문처럼 덜컹거리는 심장을 앞세우고 기러기로 떠
돌고 있는데

보도블록은 말없이 귀를 세우고

비밀의 통로인 양 세상 이야기들을 삼키고 있다

리어카 사과 장수는 간밤에 사과가 다 얼었다며

사과 같은 두 볼을 쓸어내리는데

임금님 귀는 당나귀 귀, 한쪽 귀 달고 감- 감-

아득한 나라 저편, 아득한 달 속에서

노란 옥토끼로 떡방아 찧고 떠있다

혀를 씻어내는 밤

제자를 만나 내가 무슨 말을 그리도 많이 하였는지
내 자랑 아니면 남의 흉보는 이야기 그런 건 아니었을까

푸른 달빛도 숨죽이고 숨을 고르는 밤,
달도 그 낌새를 알아챈 듯 오늘 밤은 얼굴을 내밀지 않는데

나는 한 푼어치 이득도 없는 말들을 혀끝으로 굴려가며
허세 당당 말을 부리고 돌아온 날 밤,

빈 항아리처럼 허전하여 욕조에 몸을 담그고
검은 침 퉤- 퉤- 뱉어내며
한심한 나를 씻어내고 있는데

창틀 밑으로 들고양이 한 마리 나를 조롱하려는 듯
야옹- 긴 꼬리 늘어트린 긴 울음소리로
어둠을 긋고 달아난다

나는 울지도 웃지도 못하는 들고양이가 되어
멀뚱멀뚱 밤하늘에 떠가는 달에게
수화 같은 헛손질로 입술 끝에 묻어있는 말을 씻어낸다

>

혀는 항상 송곳 같은 날(刀)을 감춰야 한다고
혀는 항상 참말을 혀끝에서 골라내야 한다고

마스크

마스크 쓴 사람들이
마스크 속을 걸어간다
무슨 유령의 나라에서 온 듯
눈치, 힐끔거린다
벚나무 꽃잎들 줄 지어 선 강둑길이다
흰 마스크들이 점점이 벚꽃잎으로 쏟아진다
내 앞을 앞질러 가던 젊은 한 사내
마스크를 내리고 가래침을 퇵- 튕긴다
멈칫, 멈춰 선다
침방울 속 오염은 공기 속에서 20분가량 떠돈다는데
에잇, 저런 미친 것! 미---친---,
뒤로 물러서야 하나?
빨리 지나가야 하나?
외길, 난공불락이다
한 시간 이상을 줄 서서 '배급'이라는
북한 말 같은 혐오스런 말 속에 서서
산 마스크!
벚꽃잎 떨어지듯 단 한 번 쓰고 버려야 하는 오늘,
오늘은 온통 공중분해다

두 개의 날개

물고기도 아닌데
입들이 벌컥벌컥
하늘에서도 땅에서도 벌컥벌컥
입들이 이파리가 되어
하늘에서도 펄럭펄럭
땅에서도 펄럭펄럭

입들이 이파리처럼 손짓하며
구름으로 떠돌다가 누군가의 심장에
비수로 꽂히는 찰나,

찰나는 검劒으로 붉어진다
입이 무섭고 귀가 무섭고 눈이 무섭고 사과가 무섭다
무서운 것은 "무서운 아해와 무서워하는 아해"가 서로
등 뒤에서
검은 그림자로 서 있다

오늘의 펜은 칼이 될 수 없고 말이 칼이 되는 세상,
세상이 무서워, "무서운 아해와 무서워하는 아해"가
양날(刀)로 서 있다

죽은 시인의 방

눈을 뜨고 감아도 똑같은 일상의 감옥
커튼을 열고 창문을 열자, 거기
구름이 지나가고 바람이 지나가고 나무들이 지나간다
대지를 열고 송골송골 피어오르는 물방울들,
풀잎들은 우주의 젖을 먹고 화르륵 화르륵
불꽃 같은 웃음을 피워 올리는데
폐경기를 만난 듯, 방 안의 울울鬱鬱컴컴한 물건들은
긴 잠에 빠져 돌아올 길을 잃는다
어느 창을 열면 봄을 만날 수 있을까?
거울에서 눈을 떼면 더욱 캄캄해지는 거울,
보르헤스가 말한 시신詩神은 보이지 않고
저울 눈금이 한쪽으로 기울어진 죽은 닭의 울음소리가
멀어진 창밖,
흰 꽃가루 같은 4월에 폭설이 내리는 한 세기,
흰 고드름으로 기둥을 세우는 산간 지방은 숨을 멈춘 채
내 방 안의 온도를 낮추는 이 빙하시대.
냉동 물고기의 사유가 둥둥 떠
묘지의 어둠을 퍼 나르는
방콕이다.

평행선 애인

분명 한 탯줄을 타고 나온 아이였는데
네 사상의 분자들은 강 저쪽에 떠 흐르고
내 사상의 알갱이는 강 이쪽에 떠 흐르는구나
먼지 낀 세상의 창은 흐리기만 한데
도수 높은 안경을 끼어도 세상은 보이지 않는데
너는 흐린 창 저 너머에서 세상 읽는 법을 찾는구나
한 탯줄에서 분화된 입자들이
낱낱, 실오라기 같은 생각의 날개를 달고
서로 다른 창밖을 달리고 있구나
미망의 도시, 미명의 거리,
고전의 장벽 같은 성城 안에서
등불은 누구를 위한 횃불인가
혁명은 누구를 위한 깃발인가
사상의 바람이 갈지자로 횡행하는 이즘ism
한 탯줄 한 배꼽에서 자란 목숨들이 길을 잃고
서로 다른 눈먼 길을 가고 있구나

살아나는 시간

　속도 속에 속도가 있다 속도에 밀려가는 속도,
　내 게으름이 밀려가고 청춘이 밀려가고 오늘이 밀려가고
하늘이 밀려가고 남편이 밀려가고 아이들이 밀려간다
　번쩍 눈 뜬 태양이 밀려가고 빗줄기가 밀려가고 가을이
밀려가고 다리가 밀려간다

　　하늘 아래 붉은 집
　　하늘 아래 늙은 집
　　늙은 수부, 늙은 파, 파 뿌리, 앵무새

　앵무새도 밀려간다 앵무새 우리 집에 온 지 11년째다 11
년간 태양이 죽고 새의 눈알이 죽고 깃털이 죽고 베란다만
살아남았다 속도가 속도에 밀려 다음은 의문부호다 의문부
호가 둥그렇게 눈 뜨고 일어서는 아침이다

눈이 온다

눈은 화해다
나도 내 심장 뒤흔들어 놓고 떠난 사람들과 화해를 할까

눈이 내린다

눈발 같은 전화를 걸면
눈꽃처럼 풀풀 날려 내 가슴에 날아와 앉을까
날아와 앉았다가 사르르 봄눈 녹듯 풀릴까
아니면 내 사는 아파트 창문 모서리를 두드리고 지나갈까

눈이 온다

눈발이 너무 길다
떠나간 사람이 돌아올 길이 너무 먼 것처럼

가슴이 온다

돌아갈 사람
돌아올 사람 지워진 길 위에
지워진 이름 위에
하얀 소식이 만국기처럼 펄럭인다

돌의 부화 2

누가 죽었는가
장례 미사가 오-래 계속된다
하늘 천天 자 빌어 조등으로 걸고
영혼의 날개 승乘이란 수레를 타고 올라간다
검은 미사복의 천사들 하늘 길 한복판에 서서
지상의 흙 한 점 배웅하고 떠나는 한 구의 나비에게 손
을 얹는다

오랜 세월 지상에서 머물던 발자국들,
나비 날개 같은 깃털과
몽글몽글 피어오르는 이슬 안개와
모래사막을 뚫고 올라오는 신기루와
훈향으로 일렁이는 촛불과
하늘 길을 잇는 성수와
검은 옷들을 적시는 눈물방울까지
태어나는 것은 모두 생명의 깃털이다

모든 영혼은 돌 속에서 부화한다
나비 날개로 천상을 오르는 저 아득한 깃털 같은
이름 하나

창과 창 사이 새

딱새 한 마리 내 창틀에 매달려 있다
어디로부터 온 것일까?
누구의 얼굴 그림자,
나는 너의 이름을 지워버린 지 오래다
먼 길 돌아 빙벽을 오르던 길,
하늘은 멀고 풀잎들은 우리들 발끝에서 노랗게 죽어갔다
멀고도 가깝던 길,
너로 하여 한때는 비가 내렸고
너로 하여 한때는 삼백육십 일 꽃이 피었다
빙하가 아파서 쩡쩡 소리 내던 밤,
심장 한쪽에선 바다가 출렁거렸고
바깥쪽에선 파도가 부서졌다
달무리로 스러져간 꽃무덤 같은 한 사람,
간밤 꿈엔 네가 다녀간 자국이 흥건하다
보루에 누워 하얗게 식어가는 대리석의 형상,

지금 창가엔 주둥이 빨간 들새 한 마리
유적 같은 긴 손톱자국 남기고 날아간다
허공 속으로
하늘 저 끝 은유와 상징 속으로

병원 로비에서

어둠의 조각들이 둥둥 떠다니는 공간
지난 밤 어느 행성에서 떨어진 별의 한 조각
링거를 매단 행거가 긴 그림자를 끌고 복도를 지나가고
휠체어가 지나가고
핏기 잃은 침대가 음울한 공기를 싣고 빠르게 지나간다
복도에서 복도 끝으로
복도 끝에서 복도 안으로

어둠의 중간쯤에서 내 피는 어디쯤
어느 통로를 지나고 있을까?

병원 로비에 앉아
암호처럼 일렁이는 얼굴들을 본다
터널 같은 어둠의 공기가
내 몸을 훑고 지나간다
적혈구의 긴장,
의식의 끈이 팽팽해진다

호명을 기다리는 핏기 잃은 얼굴들
음울한 공기가 공간 여기저기를 빠르게 떠돌고 있다

혀의 반란

내 옷에서 단춧구멍이 사라졌다
어느 날 갑자기 단추 하나는 위로 올라가고
하나는 아래로 툭 튕겨져 나갔다
전족의 시간은 짧았다
짧은 순간 일어난 불확실성의 칼날,
내 혀가 내 몸통을 찔렀다

이 글은 내 혀에 대한 단죄의 칼이다
그 단죄를 풀어줄 실타래도 바늘도 없다
구멍에서 밀려난 단추가 혼자 거리를 떠돌 뿐이다

누군가의 칼날은 빠르게 건너와 내 심장을 잠그고 갔다
흘러간 물처럼 희망은 돌아오지 않았다
꽉 막힌 구멍에서 들리는 빈 바람 소리
단춧구멍 안쪽에서, 단춧구멍 바깥쪽에서
홀로 안개 강을 건너가는 바늘귀 같은 나비 한 마리
허공을 맴돌고 있다

물고기 부화

물고기도 부화할 수 있는가
저문 강에서 물고기들이 반짝반짝 뛴다
생물학자에게 묻는다
왜, 물고기가 물 밖으로 튀어 오르느냐고
아마 산소를 마시러 나올 것이라고 한다

압축공기처럼 맨홀 뚜껑이 닫혔던 한 채의 집을 생각한다
문이 잠기고 전기가 끊기고
냉동 물고기처럼 냉동실에 갇혀
숨마저 얼어붙었던 순간순간의 기포들,
빙하의 시대 그 물고기들은
그 시대를 어떻게 헤엄쳐 나왔을까를 생각한다

들숨 날숨의 통로가 꽉 막힌 맨홀의 공간,
검은 물고기들은 둥둥 떠내려가고
오후의 햇살은 지붕 위에서 졸고
물고기들은 유리 벽 속에서
부리와 날개가 꺾였다
저문 강물 속에서 튀어 오르는 눈먼 물고기들
그들에게도 공기 방울 같은
하늘 창문이 간절한 것은 아닐까?

오늘의 시곗바늘

활자들이 동공을 뚫고 들어온다
SNS가 공간을 점령한다
채널은 앞다투어 위정자들의 말, 말, 말을 쏟아낸다
말과 말, 활자와 활자, 철창 속에 앉아 있는 우리들은
주전자처럼 끓어오른다
이 시대 우리들은 어디로 가야 하나?
어느 나침판을 따라가야 하나?
두 눈 감고 두 눈 뜨고 허공을 짚는다
이웃과 이웃이 서로를 경계하고
가족과 가족이 서로를 경계하는
혈맥 끊기는 세상,
이념은 무엇이고 사상은 무엇이고 장벽은 무엇이냐?
아들은 서초동으로, 아버지는 광화문으로
아, 이 시대 아픔이여! 강물이여!
골고다 십자가 너무 무겁고 무거워
두 어깨 무너져 내리는 한밤중이다

제3부 안개 강

빈 의자

한 잎이 가고 또 한 잎이 간다

발자국마다 붉은 잎 피고 진다

지는 것은 모두 떠나가는 것

뒤돌아보지 마라,

네 자리 이미 가랑잎 되어 떠난 것을

묻지 마라,

네 자리 이미 아득히 지워진 길인 것을

그늘에 앉아 있는 낡은 신발 한 켤레

누구의 것인지 이름조차

아득히 멀다

안개 강

춘천에는 안개 공장이 있다 이 말은 어느 낭만 시인의 은유다 나는 매일 이 은유 속에서 살아나고 사라진다 은유로 가래가 끓고 기침 소리 높아지기도 한다 죽은 아버지도 엄마도 동생도 다 은유 속에서 만나고 헤어진다

은유 속에는 철새들이 강 이쪽에서 저쪽으로 안개를 퍼 나른다

춘천에는 물고기 공장이 있다 이 말은 죽은 아버지의 은유다 물고기들이 햇살을 뛰어오르기도 하고 뛰어내려 가며 햇살 무늬 속에서 알을 낳는다 알의 집, 알의 부화가 소양강이다 소양강은 부화의 상징이다

오늘도 소양강은 안개 속에서 알을 낳고 알을 퍼 나르며 세상 밖으로 물길을 낸다

슬膝

무릎이라고 말했다 아버지가
슬膝을 잃는다면 네 정신을 잃는 것이라고 말했다 아버지가
슬膝을 잊는다면 네 조상을 잊는 것이라고 말했다 아버지가
그 아버지가 오늘 슬膝이라는 말도 다물고
무릎이라는 말도 저물고
저문 무덤 속에 누워 뜬구름처럼
두 눈 뜨지 못한 채 두 무릎 세우지 못하시네
병석에 누운 지 삼 개월
우리들 정신이었던, 기둥이었던
두 무릎 한 번 세워보지 못하시고
고요히 꽃잎처럼 꽃봉오리로 오므라지셨네
이 세상 나의 슬膝이 사라지셨네
슬膝이라는 혼을 받고 살던 나도 동생들도
슬膝이 잠든 무덤가에서, 꽃잎 속에서
산새처럼 울고 앉아 있네
애꿎은 바람이 내 뒤통수를 때리고 지나가는데
슬膝은 입술만 꾹- 다물고 있네

돌아앉은 햇살
―고 김종천 시인

살려고 그렇게 발버둥 치던 한 시인이 갔다
세 번 결혼하고 세 번 결혼 안 한 시인,
그 습한 습기의 숨소리,
아무도 모르게 병을 키우고
늪지대 늪으로 빨려 들어갔다
몸도 생도 블랙홀이 되어갔다
블랙홀에서 푸르게 돋아난 푸른곰팡이처럼

곰팡이가 된 그는 곰팡이가 핀 줄도 모른 채
시를 이야기하고 '서울시인협회'를 설계하고
시를 위해 밥을 버리고
시 사업을 위해 밥을 굶었다
그러나 세상은 그가 닿을 수 없는 아득한 섬
섬은 점점이 난파선이었다

그가 누웠던 남루한 병실 창틈으로 비는 내리고
머리맡엔 그가 꿈꾸던 '포스트모던'이 잠들어 있고
민들레처럼 누렇게 부황 든 그의 얼굴은
시 같은 눈물이 어른거리고 있었다

\>

얼마 못 산다는 의사의 말을 정작 그는 모른 채
시간은 돌아앉아 있었다
아들은 의사의 말을 부적처럼 안고 복도를 서성거리는데
햇살은 그의 배경을 벗어난 지 이미 오래다
'종천입니다.'
아직도 그의 목소리는 내 귓바퀴에서 맴돌고 있는데

구름 사원

구름 사원은 신들이 사는 집이다

오늘 목사님이 교회 소식을 알리신다
한 달 전 강XX 집사님이 소천하셨는데
지난 주엔 남편 김XX 집사님이 따라 가셨습니다.

죽은 듯 숙연해지는 공기, 침묵으로 흐르는데
나는 문득 지붕을 타고 올라간 흰 옷자락을 생각한다

외할머니 돌아가셨을 적 신주神主가 지붕 위에 올라가
할머니 입던 흰 저고리를 두 팔 높이 흔들며
혼을 불러 하늘에 고하던 일,
혼을 불러 혼을 실어 보내던 일,
그 옷자락 지금 펄럭펄럭 소지처럼 타오르고 있다

손 내민 한 손이 허공에서 김XX 집사를 끌어올리고
블랙홀로 빨려드는 구름 연기, 아스라이
한 영혼을 싣고 올라간다

눈먼 우리들은 가슴속에 십자가 하나씩 세우며

예배실 바닥이 깊어지도록 신을 부르고 있다

나도 오래전 구름 속으로 올라간 외할머니 흰 저고리에
붉은 십자가 하나 다시 새긴다

한낮의 사랑

열 살쯤 되는 한 아이가 젊은 부목사님을 보고
"돼지 목사님, 돼지 목사님---" 하고 부른다
놀리는 건지 부르는 건지 나는 내 귀를 의심한다

너무 이상해서 힐끗 고개를 돌려 쳐다본다
말끔한 양복에 햇덩이 같은 환한 얼굴로
"그래, 새끼 돼지야, 너도 돼지다"라고 한다

그 소리를 들은 아이가 햇살처럼 반짝이며
헤헤헤- 껑충껑충 뛰어서 교회 언덕을 내려간다

돼지들의 목소리가 쓸고 내려간 골목길이
어느새 햇덩이처럼 환하게 웃고 서 있다

아주 먼 이데아idea

내가 이렇게 매일 강줄기 따라 걷는 것은
묵상을 위해서인가, 살길을 위해선가, 죽음을 위해선가
걸어가는 보폭마다 채이는 생각의 알갱이들
어느 순간 홱- 스치는 붉은 불빛 피하지 못해
바퀴 아래 널브러진 들고양이처럼
나에겐 늘 바퀴 빠진 바람 소리만 들려오고

이만큼 살아온 것도 "일용할 양식을 주옵시고"
"우리들 대신 피 흘리신 십자가의 보혈이라는데"
내 영혼에서 아직도 죽음의 그림자가 서성이는 것은
너무 먼 하늘 길 때문인가

강물에 든 불빛 기둥 따라 일렁이는 저 적막의 그림자
겨우 오른 성전의 무릎뼈 아래서도 잠 속에서도
나는 늘 목말라 우는 슬픈 짐승,
발 시린 짐승으로 징검다리를 건너가고 있다

안개 속을 가다

　어둠의 터널을 간다 달 속에 누운 검은 그림자, 불안의 그림자가 터널 속을 간다 달 속을 건너온 사람, 한 사람이 건너가고 또 한 사람이 건너간다 아득한 시공, 저 하늘 끝자락 터널 속으로

　"바람이 분다, 살아야겠다!" 폴 발레리의 「해변의 묘지」 그 언덕인가? 터널이 달려온다 달빛 속을 빠져나간 달무리처럼 가는 길 알 수 없는 터널, 어디로 가야 할까? 물소리 잠긴 얼음장 밑에서 눈먼 그림자가 아우성친다 눈밭에 홀로 선 까마귀 한 마리 길을 잃고 암호처럼 일렁인다 방점 같은 공기 방울 튀어 오른다 경적으로 우는 빗방울 울음소리, 터널 속에서 저 아득한 허공 속에서 한 줌 별빛으로 일렁이는 햇살을 움켜쥔다

공터

무기력으로 떠오른 내가
무기력으로 가라앉습니다

천둥 번개, 내 안의 내력으로
가라앉습니다

나는 내가 없는 존재를 찾아
길을 떠납니다

막다른 골목 끝에서
천둥소리에 실려 오는 물방울 하나
하얀 나비 날개로 날아오릅니다

누가 앉았다 돌아간 흔적 없는 공터,
웅덩이 같은 빈 발자국에
빗방울이 고요히 내려와 앉았다가
사라집니다

문패

공기 방울 풀잎에
매달려 있다

지번 하나 얻으려고
50년을 떠돌았다

문패가 흔들렸다

이승의 강에 걸린 달이
흔들렸다

슬픔의 기원

내가 이렇게 아프고 슬픈 것은
사람이기 때문이리라
존재와 비존재의 경계도 없이
묵묵히 개 밥그릇을 비우고 있는 저 거룩한 성자는?

사과 속에서 툭 튕겨져 나와 까만 피톨 같은 씨앗이 된
그 발화점에서
나는 어디가 아픈 것인가?
밤낮으로 피톨이 아파 옹이가 되는 아침,

살아야 하는 이유도 없이 사과는 부화하여 또 씨앗을 낳고
절름절름 빈 트럭이 되고 슬픈 이슬 꽃이 되고

어젯밤에는 밤새도록 내 신음 소리가 내 귀에 들려왔다
어디가 아팠을까?
천 길 낭떠러지 저 깊은 리비도libido
리비도는 내 아픔의 저장고일까?
구름의 아픔, 허공의 아픔, 길의 아픔
욕망의 부재가 들끓는 곳
배를 저어갈 사공도 돛대도 없이

물길은 혼자 간다

네가 가야 할 길은 아득히 멀고 깊구나
강가 숲속에서 우는 작은 새,
새들의 울음소리 서럽도록 맑은데
혼자 걸어가고 있는 네 뒷모습
어느 길목에 이르러야
등뼈 곧추세울 수 있을까

물길마다 지워진 네 이름 석 자
갈피마다 얼룩진 네 발자국 갈색 무늬
목 늘여 우는 새들의 소리 흉내 내며 간다

끼룩끼룩 허공을 울다 날개 꺾인
슬픈 새,
강물 흐르는 소리에 귀를 묻고
네 가는 길을 강물에게 다시 묻는다

목소리

옷장에 옷들이 다 없어졌어요 그분 따라 연기와 함께 사라졌어요 영혼의 한 자락으로 하늘에 올랐어요 연기로 올라간 영혼이 모두 별이 되었어요 그런데 그 별이 매일 밤 아파서 비명을 지르네요 "있는 옷도 다 입을 시간이 없는데 옷은 뭣 하러 자꾸 사 오냐?"던 그 목소리, 목소리의 파장이 오월 모란꽃으로 피어올라요 별꽃으로 피어요 꽃도 별이 된다는 것을, 별도 꽃이 된다는 것을 알았어요 당신이 이 지상에 머물다 간 옷장에서 알았어요 좁디좁은 그 공간에 끼어 당신은 별을 낳았어요 연기로 떠난 그 자리에 노란 꽃잎처럼 별들이 밤마다 둥둥 떠돌고 있어요 떠나지 못한 목소리들이 틈과 틈 사이에 끼어 아프다고 아우성치고 있어요 내 두 귀도 눈을 뜬 채 밤마다 그 소리 듣고 아파서 울어요 부엉이처럼 우는 당신의 목소리로 울고 있어요

몸을 빠져나간 몸

전신줄에 전류가 끊기듯
온몸에서 전류가 멎는다
형광등은 말없이 돌고
초침 돌아가는 소리 오후 세 시에서 방향을 바꾼다
유골*이 된 책들의 숨소리 들리지 않고
오후 세 시를 따라가는 몸은 자라서
관절 꺾인 문지방을 넘어서는데
핏빛 어둠을 삼키는데

안개 낀 노을은 발뒤꿈치를 들고
내 몸을 잠식한다

누가 잠들고 있나? 저 하늘에
하늘의 혼을 밟고 내려온 별들이
빤짝 빤짝 눈을 비비며
내 몸에 전류를 타전하는데

몸은 자꾸 정전을 일으키듯 오후 세 시의 문턱에 걸려
깜빡거리고 있다

차단된 고압선의 맨홀에서

* 김경숙 시인의 「나무 유골」에서 차용.

나물 캐던 집

비탈밭에 햇살이 쫑긋 귀를 세우고 내려와 앉으면
어머니는 바구니를 옆구리에 끼고
봄 햇살을 캐러 들로 나가셨지

햇살 따라 요리조리 자리 옮겨 앉은
여린 잎들은 햇살에 눈이 부셔
파르르 몸을 떠는데

열세 명 식솔들의 가난을 끓이실 어머니는
여린 잎들의 자지러지는 목소리를
바구니에 담아야 했지요

팔이 짧은 오후가 산등성을 넘어가면
산비탈 초가집은 온통 나물 향기로
잠들곤 했어요

지붕 위에 내려와 졸던 초저녁 별들도 어느새
박 같은 달을 안고 잠들곤 했는데

이 봄날 아침 어머니 얼굴 같은 가난이 새삼

그리워지는 것은
여린 풀잎들의 손짓 때문일까 햇살 때문일까
알 수 없는 저 밭고랑을 울며 가는 까치 울음소리
한소끔 소식 없이 아득하기만 한데

나를 염殮하다

지상에는 또 한 시인이 가고
유성처럼 가고
나는 내 눈물을 염하며 앉아 있다
큰스님의 "염장이와 선사"를 염하는 연습으로 앉아 있다

구름이 멈칫 멈칫 내 말을 물고 간다

빈 허공이다
어느 곳에 나를 묻어야 할까

새 한 마리 원 그리며 돌고 있다

내 몸이 허공에서 염으로 돌고 있다

제4부 괄호 밖에서

트럭 사리

죽음을 향해 굴러가는 한 떼의

소,

지금 타고 가는 저 트럭이 자기 집이라고 생각하는

저들의 저 깊은 눈,

저들은 지금 가는 길 알고 있을까

끔벅―끔벅― 채찍질 눈치 보며 한세상 살다가

한 생애를 싣고 세상 밖으로 떠나고 있는

저 깊은 적멸,

적멸로 향해 가는

한 트럭의 진신사리

기도원

하나님의 말씀은 참 말랑말랑했다

말랑말랑한 살,

살 속, 그 뱃속에 들어앉아

하룻밤을 자고 왔다

참 편안했다

내 안에 핀 장미꽃 한 송이

방파제 너머

　해송들이 하늘을 찌른다 돌섬 바위틈에 엎드려있는 푸른
이끼들, 물길을 오르내리는 해녀들의 물방울 튜브, 돌섬 위
에 섬처럼 벗어놓고 간 신발 한 켤레, 마지막 신고 돌았던
장독대 주변에 찍힌 얼룩무늬 같은 그녀의 발자국, 새벽 네
시, 신은 그녀를 안고 잠수했다 파도도 잠들고 방파제도 잠
들었던 날 밤이다 방파제 위로 뼛가루 같은 햇살이 고르게
퍼지는 날 아침, 돌섬 위 신발 한 켤레 모래섬처럼 가물가물
묻힌다 눈먼 아침, 눈 뜨고 달려오는 태양도 지난밤의 역사
에 눈 감는다 전설 같은 한 여자의 죽음, 태양 때문에 살인
을 했다는 카뮈의 뫼르소처럼 그녀는 갔다

눈먼 귀, 귀 먼 눈

피 흘리던 역사의 현장, 그때
나는 어디에 있었는가
지구의 한쪽 끝에 매달려 흉흉하게 들려오던 소리
그 소리에 귀를 막고 입을 막고
때로는 거짓말이라고 우기고
때로는 ○ ○ 지방은 야성이 강해서 그럴 거라고 우기고
우기고 우기다 말싸움으로 날(刀)을 세우고

그리고 시간은 가고 시계는 심장을 멈췄다
한 폭의 추상화 같은 추리로만 추리하고
현장은 저 멀리 귀와 입 밖에 있었다
하늘을 휘젓는 독수리 떼의 발굽 밑에서
독수리 떼의 날개 밑에서
진정 그들, 시민들이 폭도인 줄 알았다
아니, 폭도들이라고 선전 당했다
무모하게 무능하게 천지간 천치같이
그렇게 여우처럼 길들여졌다 나는
그렇게 순하게 여우가 되었다 나는
맹독성의 독약 앞에서 총부리 앞에서 나는
참한 한 마리 짐승으로 앞니가 잘렸다 나는

\>

펄럭펄럭 태극기 같은 헝겊 쪼가리를 흔들며

헝겊 쪼가리로 입을 봉하며

팔 없는 팔들이 팔을 흔들며 찾아온다 나를

회색의 시간들이 발톱을 세우며 찾아온다 나를

부끄러워 부끄러워 우주 밖으로 달아나고 싶은 이 봄날

제사장들의 초대

우리들은 한 줌 흙인데
한 줌 흙으로 돌아갈 바람인데 나는
오늘도 ○○○ 제사장이 초대한 행사장으로 달려간다
추도식장으로 달려간다

내 할아버지 내 아버지 추도식에는 빠질지라도
이 세상 건너기 위해, 발붙인 땅 살아남기 위해
달려간다 제사장의 추임새 옷깃 스치는 바람 속으로

계단 어디쯤 이르러서야 체면이라는 붉은 얼굴 감추고
내려올 수 있을까 내려설 수 있을까
한 줌 흙인데, 흙으로 돌아가야 할 사람들뿐인데

나는 오늘도 제사장이 차리는 ○○○ 행사장으로 달려간다
달려가 제사장과 눈길과 호흡을 맞춘다
허공을 떠가는 구름에 눈길 머물 듯
붉은 옷, 검은 옷, 흰옷 사이사이에 끼어
내 옷과 얼굴의 무게를 덜어놓고 돌아온다

\>

나비 날개로 돌아갈 한 점 흙덩이 속에서
흙바람 같은 그 날개, 세상 속에서

붉은 새장

베란다에 살던 카나리아가 유리창에 이마를 부딪혔다
팽팽한 구속의 죄업이다
남은 새 한 마리 끼르륵 끼르륵
제 짝의 혼을 아침마다 불러낸다

자유를 구속하고 즐거워하던 주인의 포획은
여기저기 방출된 똥과 깃털과 피로 얼룩져 있다

새의 뒤틀린 눈
붉은 창살을 저주하는 그 눈이
희멀겋게 떠져 있다

짝을 잃은 남은 새 한 마리
눈 뜬 시체 옆에 쪼그리고 앉아 짧은 부리로
물 한 방울씩 찍어 눈을 감기려 한다

유리창 너머로 팔월의 뻘건 햇살이 지나가고
구속의 군주였던 주인은 벌건 대낮 TV 앞에서
종횡무진으로 날아드는 무협 장면에 열광 중이다

\>

화살처럼 휙휙 날아드는 죽은 새의 그림자
화면 가득 날개가 꺾인다
점점이 선혈로 찍히는 날개,

한밤중에 신고를 하다

늦은 밤 강둑 하천에서 들려오는 여자의 날카로운 목소리,
온통 밤공기를 타고 어둠을 뚫는다 간헐적으로 들리는 아
이의 울음소리, 나는 먼발치에서 10여 분을 지켜본다 끊이지
않는다 '하필 이 밤중에 하천에 나와서---?' 퍼뜩, 한 예감
이 방백으로 스쳐간다 나는 끝내 소리친다 "아동 학대 하지
마세요!" 내 톤이 올라간 만큼 여자의 목소리 순간 작아진다

문득 뉴스에서 "갈비뼈 열여섯 개 부러진 아이" "프라이팬
으로 손가락 발가락 지져진 아이"의 단말마 같은 비명, 그 아
이들 뼈와 살이 얼마나 아팠을까 "엄마, 때리지 마!, 안 그럴
게 때리지 마!" 덩치 큰 짐승 앞에서 구운 김처럼 오그라들었
을 그 아이들, 아이는 끝내 죽었고 나는 아이의 몸이 아파 숨
이 멎었던 순간들, 그 순간들이 오버랩되는 이 환상과 환청,
붉은 피 토해 내는 그 소리 하천을 덮는다 이 밤 이 아이 울음
소리 그냥 두고 돌아설 수 없다 정확히 23시 08분 112에 신고
를 했다 그리고 정확히 16분 후 전화가 왔다

"신고하신 그 장소에 왔는데 아무도 없는데요!?" 폰 저 너
머로 울리는 아득한 목소리, 아이의 흐느낌 소리와 겹쳐 아
득히 검은 밤공기를 가르고 지나간다

괄호 밖에서

그 행간에 내 이름은 없었다
옥수수 알갱이 이(齒) 빠져나간 듯
휑한 구멍, 허공을 드러내고 있다

화살촉으로 날아드는 초등학교 시절
군주같이 성벽 높은 한 아이에게
왕따를 당하지 않으려고 우리들은 매일매일
무언가를 갖다 바쳐야 했다
바친 날은 공놀이와 줄넘기 놀이에 잘 끼워줬다

오늘 어떤 행렬에서 빠져버린 내 이름 석 자
어디 가서 누구에게 무엇을 바쳐야 하나

소속은 소속감의 성벽에서 밀려 나온 자존심,
  흔들리며 겨우 매달려 있던 몸이 괄호 밖으로 튕겨져 나
온 것

오늘 그 행간에서 밀려난 내 이름이 자꾸
  나를 슬픔의 겨드랑이 오른쪽으로 당기고 있다

검색창

누군가가 떠나간 누군가의 그림자처럼
우리 집 쪽문 저 아래로 내려다보이던 간이역
내 유년이 탄가루처럼 풀풀 날리던 곳,
나는 탄가루처럼 젖은 몸으로 너를 그리워했다

어디에 가도 닿을 수 없는 너와 나의 거리,
그 거리에 빈혈처럼 서 있는 창백한 세기의 역사驛舍,
그 역사 앞에서
나는 떠나간 열차를 그리워했다

눈먼 사랑처럼 내 자판은 방향키를 잃어 휘청거리고
지구의 한 중심을 잃은 채 살아온 날들처럼
살아갈 날들을 괴로워했다
아무것도 아닌 나는 아무것도 없는 블랙홀에서
나는 누구인가, 창을 두드려도
창은 눈을 감은 채 적막으로 흐르고

이름 없는 어느 산골 마을의 그 간이역!
이름 없는 한 시인으로 그 역사를 새길 수 없는 나는
이 밤에도 홀로 불 켜 든 짐승으로 운다

누군가가 떠나간 누군가의 그림자 뒤에서
그 간이역 빈 공간에서

근성根性

　나에게도 속물근성이 강했나 보다
　평소 알고 지내던 분이 빵을 돌리면서 내 차례에 와서는 그냥 건너뛰었다

　난독이다

　물가에 앉아 저녁 내내 그 생각으로 달이 떴다
　달그림자 기울기의 크기, 내 비굴은 빵처럼 둥글게 부풀어 오르고
　멀리서 귓부리를 스치고 가는 바람 소리 달려오는데
　가슴속 옹이는 점점 더 커져 삼각형으로 각을 세우고

　허공에 뜬 달 귀 먹은 듯 유유히 흘러가는 이 밤
　대열에서 뚝 떨어진 물새 한 마리 힘겹게 하늘을 긋고 간다

소설

    은석이는 고2 때 내가 담임했던 아이다 아이는 고등학교를 졸업하자 이름 있는 회사에 취직이 되었다 형편이 솔솔 오동꽃 이파리처럼 피어날 무렵, 은석이는 두 다리를 잃었다 내가 은석이를 본 것은 우연히 아주 우연히 모 병원 복도를 지나다가 병실 문에 붙어있는 환자 이름의 암호였다 교통사고로 양쪽 다리가 절단돼 있다 두 무르팍은 마치 나무토막처럼 꽁꽁 오그라 붙어있다 캄-캄- 앞이 보이지 않는다 목이 꽉 막혀 통로가 열리지 않는다 은석이 엄마 푸성귀 몇 다발로 시장통 맨바닥에서 키운 아들, 그 아들인데---, 어미의 몸은 매일매일 은석이 무르팍만큼씩 굳어지고 시장통 맨바닥은 늘 겨울 빙판으로 웅-웅 한여름 대낮에도 눈이 내렸다

서리를 하다

아이들은 초저녁부터 남의 집 담벼락 밑 옥수수 밭에 몸을 숨겼다

목소리도 죽이고 엉덩이도 낮춰 살금살금 숨어 들었다

서걱대는 잎사귀들이 아이들 귓불을 당기기도 하였다

초저녁달은 빙그레 웃으며 아이들 엉덩이를 툭 툭 치고 지나갔다

흠칫 놀란 아이들은 도둑고양이처럼 눈알을 굴 리며 숨을 죽였다

이윽고 담장 안채와 사랑채에 불이 꺼졌다

1분, 2분, 3분, 4분, 5분---10분, 15분, 20 분---

주인이 잠들기를 기다렸다가 누구라 할 것도 없이 담을 타고 올라가 사과나무 가지를 휘어 당겼다 아이들 모두 주 머니가 불룩해지자 누군가가 먼저 쏜살같이 밭고랑을 빠 져나간다 제일 어린 나도 이이들 꽁무니에 매달려 달린다 그러나 홱 잡아채이는 내 옷자락! 박쥐 같은 검은 손이 나 를 끌고 간다 푹 얼굴을 숨긴 채 끌려간다 주인이 마당 한

가운데 나를 내동댕이친다 박쥐 손이 내 얼굴을 뒤로 나꿔챈다

순간, 외삼촌이 내 얼굴을 보자 기겁을 한다 야, 요놈의 자식아, 외삼촌 보고 달라고 하지? 익지도 않은 사과를 뭣하러 훔치러 왔냐? 외삼촌 목소리가 밤하늘을 흘러가는 달의 엉덩이처럼 허공에서 허허 웃고 있었다

닭 서른 마리만

빗소리 처마 끝에 젖는다
빗소리 눈썹 밑에 젖는다
유정*의 병든 얼굴,
닭 서른 마리, 구렁이 열 마리만 먹으면
나을 것 같다고 했다는 그의 말
누렇게 부황 든 그 말
처마 끝에서 젖는다
눈썹 밑에서 젖는다
숟가락처럼 움푹 파인 배고픈 말
아픈 그가 아파서
내가 젖는다
산동네가 젖어 운다

* 29세에 요절한 김유정 소설가.

생生이 살아나다

생각의 궁구窮究,
저 샘물에 녹두 꽃 이파리 하나 누가 떨구었나
비질, 환하다
별들이 내려와 앉았다 간 듯.
어제는 한 생각이 사라지고 오늘은
또 한 생각이 사라졌다
백지 한 장,
이슬이 마른 풀잎에 매달려 떨고 있다
아무것도 아니다, 라고 손짓한다
어둠 속에서 한 시인은 핏기 잃은 흘림체로 죽어갔고
죽어서도 그의 말은 아팠다
아픈 말들이 빛이 되어 생각의 환한 불을 켜 들고 달려온다
그의 유고집『무엇이 움직이는가』*가 살아서 돌아온다
죽은 시인의 세포가 생각의 베개를 베고 일어서는 밤,
생각의 궁구가 환한 눈을 뜨고 달려오는 불꽃이다
불꽃 산이 활활 일어나 내 베개를 태우고 있다

*『무엇이 움직이는가』: 이승훈 시인의 유고집.

불의 신, 아그니*여!

제자의 양계장이 불바다가 되었다
새벽마다 깃을 치고 일어나던 계명성의 왕궁
붉은 벼슬 4만 마리가 재災 무덤이 되었다
우리들의 양식이었던 계란성의 왕궁
백 톤의 알들이 불의 신이 되었다
아, 아트만의 혼재, 아그니여!
어찌 이 밤 저주의 신이 되었는가

푸드덕 날개 세워 탈출한 암수 몇 마리
군데군데 화인 찍힌 불 속의 화신들이
뒤뚱뒤뚱 화면에 어린다
한쪽 날개 잃고 뒤뚱대는 저 계명성의 후예들,
아린 눈으로 두리번거리는 황자계黃雌鷄의 날개
폐허의 왕궁에 피가 흐른다 살이 흐른다

계명성 왕국의 주인은
흙무덤에 주저앉아 까만 숯덩이가 되었다
아그니여, 아그니여!
당신의 중심 어느 하늘에서 떠돌고 있는가?
검은 흙무덤 속에서 검은 영혼들이, 검은 벼슬들이,

하얗게 숨 몰아쉬는 밤,

까맣게 탄 벼슬들이 울음소리로 떠다니는 밤,

아그니여! 불의 신이여! 당신의 숨소리

어느 하늘에 잠들었는가? 영혼의 불씨로 날고 있는가?

* 아그니: 우파니샤드에서 전하는 '불의 신'.

길 위에서

너무 멀리 왔다

돌아갈 길, 아득하다

밤마다 우는 눈 깊은 늑대의 울음

꽉 막힌 절벽이다

강, 저 너머로 흐르는 오래된 언덕길,

건너갈 다리가 없다

강물 소리 천지를 흔드는데

귀 젖은 물새 한 마리 울며 간다

해 설

'참말', 그리고 작시법

전기철(시인, 숭의여대 명예교수)

1

우리는 말이 많은 시대에 살고 있다. 티브이, 광고, SNS, 수많은 시집과 잡지들, 과히 말의 홍수 속에 살고 있다. 소음이라 할 정도로 말들이 쏟아진다. 그 말들은 수신자를 특정하지 않은 채 공중으로, 바닥으로, 누군가의 가슴으로 무작정 부딪쳐 온다. 그 소음으로 인해 언어를 운명처럼 붙들고 살아가는 시인은 공포를 느낀다.

물고기도 아닌데

입들이 벌컥벌컥

하늘에서도 땅에서도 벌컥벌컥

입들이 이파리가 되어

하늘에서도 펄럭펄럭

땅에서도 펄럭펄럭

입들이 이파리처럼 손짓하며
구름으로 떠돌다가 누군가의 심장에
비수로 꽂히는 찰나,

—「두 개의 날개」 부분

시인은 화자도 수신자도 불분명한 말들이 좌충우돌하는 현실에서 유난히 그 말들을 무서워한다. "입이 무섭고 귀가 무섭고 눈이 무섭고 사과가 무섭다"(「두 개의 날개」)고 느끼는 시인은 "말이 칼이 되는 세상"임을 인식한다. 시인은 언어를 최후의 보루로 삼는 존재이다. 그런 시인이 말을 무서워하는 이유는 그 말에 절망하기 때문이다. "말과 말, 활자와 활자, 철창 속에 앉아" 사람들은 "주전자처럼 끓어오"(「오늘의 시곗바늘」)르지만 이미 "혈맥 끊기는 세상"이다. 소통이 불가능한 세상에서 시를 쓴다는 것은 무엇인가를 고민하는 시인은 무거운 어깨를 하고 "마스크 쓴 사람들"(「마스크」) 사이를 걸어간다.

이러한 소음의 시대에 시인의 길은 두 가지가 있을 수 있다. 하나는 이 시대의 언어에 적응하는 길이며, 다른 하나는 안간힘으로 그와 같은 언어를 거부하고 진실한 언어를 쓰겠다는 의지이다. 앞의 경우가 기호의 언어에 기울어진 시의 길이라고 한다면 후자는 언어 속에 진실을 담고자, 혹은 일상을 담고자 한다. 기호의 언어를 받아들이는 시에서는 언어가 삶을 반영하지 않는다. 그 시 속의 언어는 단지 기호일 뿐이기 때문이다. 기호는 삶의 어떤 것도 지시하거나 말하지 않는다. 왜냐하면 기호는 다른 기호와의 관계 속에서만 유효하기 때문이다. 그러므로 기호는 다른 기호를 가리킬 뿐, 현실이나 시인의 내면과는 무관하다. 그만큼 시는 모호하고, 말들의 혼란 속으로 파고든다. 말은 또 다른 말을 파생하고, 시는 그러한 말을 모자이크하는 파생물에 다름 아니다. 이런 시에 구체적인 사실이나 생활이 등장하더라도 그것은 단지 기호일 뿐이다. 이러한 시를 쓰는 시인은 기술자들이다. 이들의 시 속에는 영혼이나 정신은 존재하지 않는다. 언어의 기술만 있기 때문이다. 따라서 이러한 시는 특정한 개성의 시일 필요가 없다.

하지만 후자는 말을 안간힘으로 끌어안는다. 말의 본래적인 기능인 지시성과 표현의 진실성을 믿기 때문이다. 이는 말이 삶의 진실을 드러내야 하며, 화자와 수신자는 일상의 언어 속에서 만날 수 있다는 믿음에서 온다. 본래 말은 구체적인 삶의 현장을 복원할 수 있으며, 주체의 마음을 전달할 수 있었다. 하지만 오늘날처럼 난무하는 소음 속에서 본래의 말의 기능을 찾기란 힘들다. 모든 문화가 교환가치가 된 현실에서 언어는 영혼을 드러낼 수 없게 되었다. 언어가 본래적 기능을 상실하여 누구도 그 언어 속에 자신의 내면을 드러내려고 하지 않기 때문이다. 언어가 타락한 게 아니라 사용자들이 타락한 것이다. 하지만 언어의 본래적 기능을 믿고 주체 내면을 드러내려고 안간힘을 쓰는 시인이 있다. 이러한 말에 대한 믿음을 가진 시인은 안간힘으로 말의 본래의 매개적 기능을 붙든다. 그의 말들은 쉬운 일상어이다. 일상어는 삶이 묻어있는 말이다. 이 일상어를 통해서화자는 수신자에게 삶을 매개한다. 따라서 그의 시는 일상의 삶이 물씬하다. 이영춘 시인이 그러하다.

> 나는 울지도 웃지도 못하는 들고양이가 되어
> 멀뚱멀뚱 밤하늘에 떠가는 달에게
> 수화 같은 헛손질로 입술 끝에 묻어있는 말을 씻어낸다
>
> 혀는 항상 송곳 같은 날(刃)을 감춰야 한다고
> 혀는 항상 참말을 혀끝에서 골라내야 한다고
>
> —「혀를 씻어내는 밤」 부분

제자를 만나 허세를 부리듯 말을 수없이 뱉고 돌아와 아직도 "입술 끝에 묻어있는 말을 씻어"내는 시인은 거짓말이 아닌 '참말'을 해야 한다고 스스로에게 다짐하고 있다. 그렇다면 그에게 '참말'이란 무엇일까. 말할 것도 없이 그것은 지시적이며 반영적인 언어이다. 그렇다면 다음에서 이영춘 시인이 지향하고 싶어 하는 참말이 시에서 어떻게 나타나는가를 보기로 하겠다.

2

이영춘 시인은 무엇보다도 일상에서 시를 찾는다. 그는 시에서 지금, 여기를 드러낼 수 있으며, 따라서 주체 주변의 인물이나 삶의 풍경을 보여 주려고 노력한다. 이를 위해 시인은 우선 자신의 주변을 섬세하게 관찰하여 구체적 언어 감각으로 그 현장을 있는 그대로 드러내려고 애쓴다. 그는 감각의 촉수를 예민하게 벼려 현실을 보고 듣고, 거기에 귀 기울인다. 또한 자신의 내면에서 들려오는 목소리도 놓치지 않는다. 이는 그의 소재들이 청평, 춘천, 아버지, 외삼촌, 제자나 지인과 같이 생활 주변에서 끌어와서가 아니라 그의 작시법이 사소한 일상에서 시작하여 대상에 대한 감각으로 끌고 가서 자신의 내면을 드러내면서 마무리하는 데서 찾을 수 있다. 따라서 극히 사소한 일상이 그에게는 시가 된다.

청평역 플랫폼에
밤톨만 한 새 한 마리 쓰러져 있다
　　　　　　　　　　　—「죽은 새를 만나다」 부분

어제는 사람과 사람 사이에 놓인 다리가 무너져 강물에
기대 울었다
강물은 내 눈물인 듯 더 많은 강물로 흘러갔다
　　　　　　　　　　　—「물새」 부분

새우등처럼 웅크리고 있으면 내가 이 세상에서 가장 낮
다는 생각
숨 쉬는 것조차 부끄럽다는 생각

　　　　　　　　　　　　　　　　—「돌」부분

얼음 사막을 건너온 듯, 한여름 대낮에도 나는 발이 시리다
밤마다 시리게 찾아오는 발과 발가락의 무게, 바늘귀 같
은 초침 돌아가듯

　　　　　　　　　　　　　　　—「얼음 사막」부분

공기 방울 풀잎에
매달려 있다

지번 하나 얻으려고
50년을 떠돌았다

　　　　　　　　　　　　　　　　—「문패」부분

　이상의 인용 시에서 보듯 시인은 사소한 일상의 현상이나
감상으로 시를 시작한다. '청평역 플랫폼'이나 '강물에 기대
운' 사실, '발이 시'린 일, 공기 방울이 풀잎에 매달린 현상
등 구체적인 사실이나 주체의 느낌을 그대로 표현한다. 따
라서 현장에서의 발견, 삶에서 오는 감상이나 감각을 1행이
나 1연에 둔다. 이때 첫 문장은 행갈이를 했든 하지 않았든
직설적이다. 그렇게 시작한 시는 상상력으로 시행을 발전

시켜 나아가다가 주체를 드러내면서 마무리하거나, 한 이미지를 끝까지 밀고 나아가 주체의 내면과 겹치게 마무리 짓는다. 이영춘 시인의 작시법은 사소한 일상이나 감상, 혹은 이미지에서 출발한 시행에서 시작하여 그 의미나 소재를 확대 재생산하여 행을 발전시켜 가다가 주체의 내면과 합일하게 하거나 사소한 일상이나 감상이 객관화되도록 마무리하지만 어떤 시는 보다 강한 자의식을 드러내기도 한다.

> 모퉁이가 길을 지운다
> 지워진 길 위에 내가 망연히 서 있다
>
> —「길, 모퉁이」 부분

> 호명을 기다리는 핏기 잃은 얼굴들
> 음울한 공기가 공간 여기저기를 빠르게 떠돌고 있다
>
> —「병원 로비에서」 부분

> 오늘의 펜은 칼이 될 수 없고 말이 칼이 되는 세상,
> 세상이 무서워, "무서운 아해와 무서워하는 아해"가
> 양날(刀)로 서 있다
>
> —「두 개의 날개」 부분

「길, 모퉁이」의 결구가 시작하는 소재와 주체의 내면이 만나게 하여 마무리하고 있다면, 「병원 로비에서」에서는 출발했던 이미지를 더욱 발전시켜 마무리하는 결구이다. 그

리고 「두 개의 날개」는 강한 자의식을 드러내면서 끝낸다.
시 배열 방식이 고구마 형이라고 할 수 있다. 사소한 일상
의 소재에서 시작한 시행은 중간 부분에서 확대 재생산되다
가 가는 줄기로 마무리된다.

시인은 그 출발이든 시행의 전개나 마무리이든 사소한 일
상을 여기저기에 배치하여 시에서 일상을 그대로 드러내려
고 한다. 그런데 이 일상에 대한 시인의 비극적 인식이 문
제이다. 사소한 일상을 바라보는 시인의 시각은 비극적이
다. 그의 시에 죽음, 터널 이미지나 안개, 밤, 혹은 눈먼 짐
승 등이 많이 등장하는 것도 이 비극성과 무관하지 않다.

앵무새도 밀려간다 앵무새 우리 집에 온 지 11년째다 11
년간 태양이 죽고 새의 눈알이 죽고 깃털이 죽고 베란다만
살아남았다 속도가 속도에 밀려 다음은 의문부호다 의문
부호가 둥그렇게 눈 뜨고 일어서는 아침이다
—「살아나는 시간」 부분

들숨 날숨의 통로가 꽉 막힌 맨홀의 공간,
검은 물고기들은 둥둥 떠내려가고
오후의 햇살은 지붕 위에서 졸고
물고기들은 유리 벽 속에서
부리와 날개가 꺾였다
—「물고기의 부화」 부분

제자의 양계장이 불바다가 되었다

새벽마다 깃을 치고 일어나던 계명성의 왕궁

붉은 벼슬 4만 마리가 재災 무덤이 되었다

—「불의 신, 아그니여」부분

위 시 외에도 많은 시에서 죽음이나 터널, 밤, 소통 부재
가 보인다. 이는 시인이 현실을 부정적으로 보고 있기 때문
이다. 사소한 일상에서 출발하였지만 그 일상은 금세 거대
한 벽에 부딪치고 만다. 일상에서 한 발짝만 내딛어도, 그
일상을 한 꺼풀만 벗겨도 거기에는 거대한 벽이 나타나고
도저히 따라갈 수 없는 속도가 있다. 따라서 서정적 주체는
그 벽과 속도에 '눈먼 짐승'이 되어 눈물을 흘린다. 이것이
시인의 비극성이다.

나는 그 앞에 오래오래 공수拱手로 서서

눈먼 짐승으로 운다

—「길을 묻다 2」부분

마른 입술로 당신을 부릅니다 너무 아득합니다 당신의
심장 한복판에 이르기까지는. 당신의 불길 속에 닿기까지
는. 이미 나는 오래전에 삭제된 당신의 탕아입니다

—「성聖과 성城밖에서」부분

맹독성의 독약 앞에서 총부리 앞에서 나는

참한 한 마리 짐승으로 앞니가 잘렸다 나는

—「눈먼 귀, 귀 먼 눈」 부분

한 마리 눈먼 짐승의 이미지는 시인의 비극성에서 비롯한
다. 사소한 일상으로 시를 썼지만 그 일상의 한 발짝 건너
에는 더 이상 발을 뗄 수 없는 벽이나 속도가 있다. 그는 거
창한 역사나 정치를 말하고 싶어 하지 않는다. 하지만 일상
속에 스며든 역사나 정치에 속수무책을 느낀다. 이에 '아득
하다'나 '어느' '누구' 등의 말들이 많이 등장한다. 이 말들은
눈이 가 닿을 곳을 찾지 못할 때 쓰는 단어이다. 이는 어둠
속에서 분간할 수 없는 주체를 표상하고 있다. 하지만 시인
은 결코 거기에 굴복하지 않는다. 어둠 속에서도 자아의 혼
을 믿는다. 왜 일까. 시에 대한 믿음 때문이다.

이름 없는 한 시인으로 그 역사를 새길 수 없는 나는
이 밤에도 홀로 불 켜 든 짐승으로 운다
누군가가 떠나간 누군가의 그림자 뒤에서
그 간이역 빈 공간에서

—「검색창」 부분

보잘것없고 개미처럼 작아진(돌) 주체의 비극성을 그대
로 안고 가면서 시인은 '홀로 불 켜 든 짐승'임을 선언한다.
여기에 시적 긍정이 있다. '홀로' '빈'이라는 말에서 보듯 시
인은 강한 정신력으로 소음의 시대를 버틴다.

3

이영춘 시인이 절망을 극복하는 방식은 길이다. 그 길의
대표적인 이미지가 강이다. 강은 길처럼 흘러간다. 그저 흘
러갈 뿐이다. 강물을 따라 흘러가면 길이 보인다. 길, 혹
은 가는 이미지다. 앞으로 나아가는 이미지, 나의 발걸음
속도로 갈 수 있는 이미지이다. 또한 강은 건너는 이미지이
기도 하다. 이쪽에서 저쪽 건너편으로 건너는 이미지가 강
이다. 그리고 벽과 속도에 부딪친 주체를 구원해 줄 수 있
는 건 나아가고 오르는 이미지가 있다. '가다'와 '오르다'의
이미지는 시정의 지향성을 보여 준다. '가다'와 '오르다'라는
말은 일상의 소음 속에 사는 시인을 벽 너머로 속도를 무화
시키게 해준다. 또한 물이나 안개의 이미지가 많이 나타나
는 것도 이와 무관하지 않다. 물이나 안개는 스며드는 성질
을 갖고 있기 때문이다.

매일 밤 강 언덕 저편에서

홀로 눈 뜨고 밤길 환히 밝히시던 붉은 십자가,

———「비 오는 밤」 부분

첫 번째 한 번은 누군가가 나에게 변비약을 사 오라 하
여 건넸고 두 번째는 누군가가 나에게 뼈 튼튼해지는 칼슘
치즈와 우유를 사 오라 하여 건넜다 세 번째는 누군가가 햇

반을 사 오라 하여 그 길을 또 건너갔다 정확한 근거는 없
지만 나는 의문에 의문을 품으며 그 길을 건너고 또 건넜다
                              ─「오늘도 같은 길을 세 번 건넜다」부분

  콩나물 싹들이 물방울을 타고 튀어 오른다
  안경 너머의 안경 속 스펙트럼,
  왜 식물들은 하늘을 향해 손을 뻗어 올릴까?
                              ─「물방울 칩」부분

  모든 영혼은 돌 속에서 부화한다
  나비 날개로 천상을 오르는 저 아득한 깃털 같은
  이름 하나
                              ─「돌의 부화 2」부분

  강물을 따라 걷거나, 혹은 나비나 새처럼 하늘로 오르는
이미지는 건너는 이미지이다. 건너는 이미지는 오르는 이
미지이며, 그것은 다시 사색의 이미지이다. 그가 하루에 세
번 같은 길을 건넌 것은 내일에 대한 기다림 때문이다. 그
는 왜 '누군가의 손길이 닿을 내일 아침을 기다리는 중'이겠
는가. 이것이 시인의 승화 방식이기 때문이다. 장벽이 높고
따라갈 수 없는 속도를 넘는 방식이 승화이다. 이는 신화나
꿈으로만 가능하다. 시인은 나비나 새 혹은 구름을 끌어들
여 하늘로 오르고 싶어 한다. 이는 신화적 상상력이며 꿈의
시적 표현이라 할 수 있다. 이와 같은 신화나 꿈으로 현실

의 벽을 넘기 위해서는 시적 주체가 새처럼, 구름처럼, 풀
잎처럼 가벼워야 한다. 이에 시인은 순수 이미지를 끌어온
다. 시 여기저기에 풀잎과 구름과 별, 달, 새, 나비 등이 보
이는 것도 이와 무관하지 않다.

　　　홀로 안개 강을 건너가는 바늘귀 같은 나비 한 마리
　　　허공을 맴돌고 있다
　　　　　　　　　　　　　　　　　—「혀의 반란」부분

　　　누가 잠들고 있나? 저 하늘에
　　　하늘의 혼을 밟고 내려온 별들이
　　　빤짝 빤짝 눈을 비비며
　　　내 몸에 전류를 타전하는데
　　　　　　　　　　　　　　　—「몸을 빠져 나간 몸」부분

　이영춘 시인에게 시는 구원이다. 그에게 시는 꿈이기 때
문이다. 그는 시 속에서 나비가 되기도 하고 별이 되기도
하며 새가 되어 하늘을 날고 달로 떠있기도 한다. 시는 꿈
이다. 꿈은 현실을 극복할 수 있는 기재이다. 꿈으로 나아
가는 언어가 곧 시이다. 이영춘 시인이 시를 통해 비극성
을 극복하려는 방식이 곧 이 꿈이다. 이 꿈의 궁극은 어디
일까. 강물을 따라가는 길이다. 그리고 강물은 공空, 적멸
로 나아가는 길이다.「길을 묻다 2」에서 그와 같은 지향이
잘 나타나 있다.

달빛이 강물에 누워 어른대듯

내 가는 길 암호로 일렁인다

어느 꼭짓점에 이르러야

내 가야 할 길

저 적멸에 드는 물의 길 갈 수 있을까

—「길을 묻다 2」부분

4

　이영춘 시인의 열다섯 번째 창작 시집을 읽어보며 시인의 언어에 대한 관점과 작시법으로써의 시행 배열 방식을 알아보았다. 그리고 시인이 지향하는 지금, 여기를 건너는 방식을 살펴보았다. 이영춘 시인은 이번 시집에서 비극적 현실 인식을 안고 있으며, 그 비극성을 극복하기 위하여 승화의 이미지를 끌어온다. 이는 삶을 표현할 수 있는 시를 믿기 때문에 가능하다. 타락한 시대에 언어가 제 기능을 발휘하지 못하고 있는 현실에서 시는 어떤 언어로 써야 하는가에 대한 근본적인 물음을 안고 있는 시인은 언어의 본래적 기능을 회복하려고 한다. 그것이 이루어졌는가는 일차원적 질문에 불과하다. 그의 시는 일상어처럼 집 안에서 나오는 생활 속에서 시작하지만 돌에 부딪치고 벽에 부딪치고 속도에 놀라 상처 입고 왜곡되지만 결국 해인海印의 바다로 나아간다. 적멸로 향하는 그의 내면이 오롯하게 느껴진다.